나비 편지

황금알 시인선 102

나비 편지

초판발행일 | 2015년 4월 17일

지은이 | 김영
펴낸곳 | 도서출판 황금알
펴낸이 | 金永馥
선정위원 | 마종기 · 유안진 · 이수익 · 김영승
주 간 | 김영탁
편집실장 | 조경숙
표지디자인 | 칼라박스
주 소 | 110-510 서울시 종로구 동숭동 201-14 청기와빌라2차 104호
물류센타(직송 · 반품) | 100-272 서울시 중구 필동2가 124-6 1F
전 화 | 02)2275-9171
팩 스 | 02)2275-9172
이메일 | tibet21@hanmail.net
홈페이지 | http://goldegg21.com
출판등록 | 2003년 03월 26일(제300-2003-230호)

값은 뒤표지에 있습니다.

ISBN 978-89-97318-96-4-03810

*이 책은 전라북도 문예진흥기금을 지원받았습니다.
*「이 도서의 국립중앙도서관 출판예정도서목록(CIP)은 서지정보유통지원시스템 홈페이지(http://seoji.nl.go.kr)와 국가자료공동목록시스템(http://www.nl.go.kr/kolisnet)에서 이용하실 수 있습니다.
(CIP제어번호: CIP2015009233)」

나비 편지

김영 시집

황금알

| 시인의 말 |

아직도 쫄깃거리지 않는다.

추운 겨울을 치열하게 뚫고 올라오는

창 밖의 어린 새싹에게 한없이 미안하다.

김영

차 례

1부

2부

3부

4부

1부

가와 나 그리고 다

가가 있다
좌판 위 생선에 그악스레 달려드는 쉬파리를
비닐부채로 온종일 쫓아내고 있는
가는 나다

나도 있다
사진 속의 아버지를 물끄러미 바라보다
쏟아지는 빗소리에 그리움을 던져 넣는
나는 가다

여기저기에 가가 있다
여기저기에 나도 있다
여기저기의 가와 나가
모두 다다

도로 끝

따분해서 길을 나섰는데
단숨에 김제에서 무안의 조금나루까지 왔네요
모퉁이 돌면 사라질 듯 둥글게 휘어진 나루 끝에
도로 끝이라는 푯말이 아슬아슬하게 서 있네요
길이 없어 표지판 아래 멈추었네요
세상의 모든 것이 경전인 줄 진즉 알았지만
여기 서늘한 말씀 하나 서 있네요
전남 무안 조금나루의 '도로 끝'
입때까지 더글더글한 욕심이 무안해서 무안땅
알면서 행한 일 조금밖에 없어서 조금나루
길이 더 이어질 것 같아도
도로 돌아와야 하는 도로 끝이라네요
도로 끝이 텅 비어 도로 환하네요
어두운 마음에 알전구 켜지고
나를 채웠던 어둠이 도로 걷히네요
꽃이 무더기로 피어나도 도로 끝이고
아무리 멀리 떠나도 도로 끝이지만
도로 끝에서 걸림 없는 바다가 비롯된다고
눈 없는 길도 둥글어지면 도로 내게 돌아온다고
도로 끝이 자꾸 나를 채근하네요

망해사 앞바다

아침에 퇴근하고 저녁에 출근하는
천만년 꺼내 써도 끄떡없는 통장을 가진

조막만 한 새끼들 짱짱하게 키워내고
뒤안 툇마루까지 반들반들 닦는

뉘엿뉘엿 해를 눕히며 후끈 색을 쓰고
새벽에 한 번 더 확 달아오르는

팔도 사내들이 매운 귀싸대기 맞아감서도
목숨 걸고 풍덩 뛰어드는

부처님 코 다 빨아먹고
귀때기도 다 핥아 먹는 여자

묵언하는 능소화가 슬슬 담장을 넘고
담벼락도 흐물흐물 녹아내리는데

달빛도 서리해 먹는 사내의

두터운 등짝을 쓸어주며

달 뜨는 밤마다 갯땅 위로
한사코 기어오르는 여자

칼

심검당尋劍堂 앞 소맷돌 사자상
꽉 다문 어금니 앞에서
저녁을 받는다 퍼진 죽 한 그릇

처음 죽을 맛보며 놓친
젖니 같은 칼을 찾을 수 있을까
쉬어터지도록 죽치고 앉아
느물거리는 칼도 벼릴 수 있을까

(불을 켜고서야) 무언가와 부딪히고서야
번쩍 눈 뜨는 심검의 길

– 전구 갈 때 되얏다 필라멘트 흔들린다
갈 때여서 흔들린다는 말
그 사이에 투명한 막이 터지는 밤

누덕누덕 기운 책보 사이 첫사랑의 저문 기억 사이
최루탄 매운 연기 사이 불어터진 수제비 사이
모든 사이에 숨어있는 절름발이 기억

나도 모르는 나와 너 사이에 잠복하다
나를 단숨에 베어버린
퍼진 죽 한 그릇 같은,

모과나무 기둥

흔하디흔한 단청 옷 한 벌 없다
이백 년 흔적을
온전히 드러낸 몸통에는
바람을 안았던 상처뿐이다
저 단단하게 박힌 고백이
기둥이 되었으리
먹이고 입혔던 식솔들 떠나고
굽은 등은 누덕누덕 삼베 등걸이다
물기를 다 여의고도
아직도 짱짱하게 버티는 옹이 앞에
천불전에 든
천 명의 부처가 가부좌하고 있다
백 년째 꽃을 피우는
백일홍도 아침저녁
나붓나붓 절을 올린다

일당

나무와 나무 사이의 푸른 하늘을 한 번에 넘는 것은 청설모의 재주, 요구르트 한 병을 던져주자 나무 아래로 쪼르르 내려와 두 손으로 받는다 작은 이빨로 꽉 물고 두 다리로 버티고 나무 꼭대기 새끼가 있는 집으로 기어올라야만 하는, 하루치의 종종걸음을 놓는 헙수룩한 아비

마개가 열린 병 안의 단물은 인력사무소 소개비로 몇 방울 내어 주고, 혼자 사는 아버지 막걸리 한 잔 받아드리고, 떨어진 운동화 꿰매고, 면장갑 사고 솔래솔래 다 새고, 아픈 이는 치료도 못 하고, 종일 날다가 비뚤어진 허리도 그대로 두고

밑바닥 두어 방울 일당을 들고 나무비탈을 오르는 애비의 하루가 참 짧고도 길다

유리벽

식당 벽이 온통 반사유리다
오가는 사람들이 뒤엉키면
벽은 요란한 광장이다

유리벽 앞에서 비켜섰다 다가가고
다가섰다 물러나는 나는
유리에 반사된 나를 알아보지 못한다
알아보지 못한 채
덤벼들다 물러나고 물러났다 덤벼들면서
유리와 부딪히고 만다

나는 내 눈과 제대로 마주친 적 없고
숨소리조차 들은 적 없구나
출구를 찾지 못할 때
비로소 찾는 내 눈동자구나

겨우 내 얼굴을 알아본 나는
호되게 얻어맞은 이마를
유리벽 속의 손으로 짚어본다

손바닥 안의 차가운 길들이
삽시에 뭉개진다

염주를 줍다

동안거 풀린 마당에
햇볕 몇 알이 흩어져 있다
병아리 데리고 나온 어미 닭이
물었다 놓았다 하는 쭉정이를
겨우내 눈 속에 묻혀 있던 말씀을
무릎 꿇어 한 알씩 줍는 스님
공염불 내던지고 뛰쳐나간
여드름투성이 뒷방 행자의
투정을 주울 때마다
어미 닭은 넙죽넙죽 절을 받는다

북어

아이 잃고 서방 떠나 혼자 사는 여자들과
퇴직금 까먹고 각시 아픈 사내들이
꼬챙이에 꿰놓은 것처럼
딱딱한 나무의자에 일렬로 앉아 있다
밤하늘을 보는 구멍 난 눈동자는
영혼이 다녀간 지 오래 헤벌어진
입에선 어둠이 꾸역꾸역 흘러내리고
지느러미는 날카롭게 말랐다
눈물 젖은 함성도 코를 꿰이면
무던한 침묵으로 말라버리는가
벌떡이던 동맥은 술잔 옆에 엎어졌고
빈 내장은 술에 젖는다
바다와 멀어질수록 단단해지는
북어들의 지느러미가
결심한 듯 어둠의 옆구리를 주욱 긋는다
달은 아직 기울지 않았다

바이올렛 보라, 꽃

늦게 차린 아침 밥상에
팥죽 한 그릇
두부 두 조각
포도 서너 알

아침 햇빛 넘치게 뜬
빈 숟가락 들고
졸음 속을 들락날락하던
어머니가
창가 낮은 나무 의자에 앉아
보라색 셔츠의 매듭단추를
다시 여미는 사이

바이올렛 보라 꽃봉오리가
넘실넘실 줄기를 벋어
팥죽 두어 술 뜨고
두부 귀퉁이도 살짝 덜어 먹는다

그걸 본 어머니가

화들짝 피어난다
꽃이 꽃을 피우는 거
순간이다

비룡폭포

피톨이 뛰고 허든거린다
옷자락 살며시 잡으려는데
내 허리를 휙 감아 바짝
당겨 안는다

이참에 수로부인처럼 놀아볼까
밥이 타거나 말거나
뉴스가 끓거나 말거나

그의 귀밑머리 차가운 잔설을
내 달뜬 입김으로 녹였지
당신도 물의 아들을
줄기차게 낳고 싶었을 거야

낡은 사랑은 날 되돌려 달라고
발 구르며 을러메지도 않았고
지금 사랑은 군내 나는 너를 잊었지
비룡과 비등점을 넘은 오후 두 시

너무 뜨거웠던 거야
알을 낳는 족족 녹아버려
물의 아들은 하늘을 날 수 없었지

지독한 사랑은
때론 무모하게
첫 심장을 바쳐야만 한다지

그의 품에 일부러 두고 온
은빛 머리핀은
지금도 반짝반짝 반짝이고 있을까

꼬리지느러미에 힘을 모으다

밤하늘에 별들이 반짝이는 것은
공기의 은총인 줄 알았다
물고기도 나처럼 어둠이 무서워
얼른 두 눈을 감아버리는 줄 알았다
밤이 오면 어린 물고기들이
꼬리지느러미에 힘을 모아
바다 가득 반짝이던 윤슬을
통 통 통
허공에 쏘아 올려
별이 돋는다는 걸
수많은 길들을 놓치지 않으려고
밤이 접었던 제 까만 몸을 멀리까지 편다는 걸
나무도 풀도 나도
꼬리지느러미에 힘을 모으면
별을 만들 수 있다는 걸
나는 몰랐다

상고대

바다가 제 몸을 부수며

햇살보다 먼저 달려와

한쪽 팔이 저린 언 나무를 꽉 껴안았다

어둠을 밀어내는 단단한 힘으로

버티고 있는 흰 사슴 무리, 백록

하늘이 가까이 내려와 고인 곳도 있다

수왕사 계곡

나무들 잔입을 헹구는
새벽 숲에 된서리 내렸다
물에 기대어 몸피 늘렸으나
물 때문에 얼어 터지는 계절이 오면
나무들 수왕사 계곡으로 몰려가
제 몸의 물을 쏟아낸다
몸 부려 얻은 적 없이
바람과 하늘의 홈페이지를 들락거리거나
날아가는 새를 가끔 초청해서
머리로 주워들은 물방울들
마른기침이나 겨우 속이던
보잘것없는 물줄기를
수왕수왕 다 고백하면
계곡은 몸을 더 낮추어 길을 잡고
나뭇잎은 부레를 얻어
숲의 적막에 닿는 물고기 떼가 된다

2부

조갯살 대장경

원로시인이 암모나이트 화석을 내주셨다
바깥에서 안쪽으로 돌아들어 가며 지은
고생대의 조개는 나선형 무늬 칸칸마다
땅과 바람 하늘의 소출이
쟁여있는 곳간이다
– 가끔가다 내가 하나씩 떼어먹고 살았어
당신의 곳간을 다 내어주시며 하시던
시인의 말씀이 가을처럼 영글었다
서너 개의 곳간에는 햇살이 들어있고
나머지 곳간에는 물렁한 살점들이 단단하게 쟁여있다
한 칸씩 짚어 서른 칸
아득한 안쪽까지 다 세는 건
은하를 헤아리는 일만큼 무모했다
시인이 일생 살면서 어둠의 등짝을 후려칠 때
두 손으로 받들어 모시고
한 자 한 자 읽었을 조갯살 대장경
그때마다 마음의 첫 뿌리를 만났으리라
조갯살 대장경도 아득하게 칸을 늘렸으리라
중생대 지나 신생대의 내게 온 마음의 첫 뿌리를

한 칸 한 칸 쓰다듬어 보는 한밤중
에누리 없는 시곗바늘 소리가
조개 화석의 귀퉁이를 돌아가고 있다

무늬

모감주나무 몸통을 자른다
중심에서 껍질을 향해 방사형 무늬가 뻗어 있다
민들레 꽃잎 같기도 하고 도투락 댕기 같기도 하다
몸통이 굵은 나무일수록 무늬는 무성하고 짙다
한 자리에서 비바람 겪어낸 나무는
살림살이 팍팍할 때마다
제 속에 민들레 꽃잎을 하나씩 키웠다
묶은 머리를 펼치며 캄캄한 하루를 보냈다

평생 푸성귀 두어 줌을 시장 바닥에 펼쳐놓고
앉은 자리가 밥 자리고 꽃 잠자리였던 어머니
민들레 씨앗처럼 연한 날개를 갖고 싶었을까
머리 묶은 소녀처럼 세상 물정 모르고 싶었을까
이 빠진 좌판 자리가 반들반들하던 날
민들레 씨앗은 다른 계절로 날아가고
모감주나무는 노란 꽃으로 댕기를 맸다

햇살 수제비

봄 풀잎은 생각 한 방울에도 휘청거린다

그 숲에서 앉을 자리 찾다 보았다

우듬지의 잎들 사이로
햇살이 제 몸 뚝뚝 떼어
수제비 한 솥 끓이고 있는 것을

팔팔 끓는 힘으로
풀잎의 허리 일으켜 세우는 것을

숲 그늘에 산바람이 들어
뜨겁던 솥 식히는 것을

키 작은 풀잎일수록
허리 짱짱하게 펴고
손에 손에 숟가락 들고
다투어 문 밀고 들어오는 것을

수여리

손발톱 잦아지게 일만 하던 그녀가 장미요양원에 잠들어 있다

한솥밥 식구들은 근심을 오물거리고
둘러앉은 이마의 희미한 주름이 미간을 흐르기도 한다

새끼들 파고들던 다디단 방은 식어가고
구멍 뚫린 환자복만 바람을 받는다

봄바람을 꾸어다 어린 벌을 키우던
날개의 기억은 가지런히 접혀있다
– 눈만 흘겨도 찢어질 듯 저렇게 가냘프고 여린 날개였다니

길 없는 길을 쪼록쪼록 짜던 발목은
여름 들고양이 터럭 같다
– 가느다란 숨도 태풍이 될까 조심해야 했다

하늘 가장자리까지 푸르게 날던 기억 쪽으로

귓바퀴가 안간힘을 쓰며 늘어나는 동안

그녀는 늙은 감나무 그늘로 수의를 놓고 있다

* 수여리 : 암컷 꿀벌, 일벌

소한도小寒圖

눈발 들이치는 가족사랑 요양병원 앞
흰 나무 한 그루 우두커니 서 있다
하늘은 눈송이에 묻혀 떨어지고 만다
가지는 새 한 마리 앉기도 버겁다
노인의 웃옷처럼 나무의 옷도 헐렁하다
들이치는 눈발을 피하지도 않는다
사람들은 차가운 발자국을 남기고 가고
차들은 눈발을 흩뿌리며 멀어진다
누군가를 병원에 남긴 노인은
나무처럼 떠나지 못한다
들이치는 눈발이 낡은 화폭에
커다란 산을 삽시에 들여 놓는다
길이 지워지는 것을 눈치챈 걸까
두리번거리는 노인의
맨발을 감춘 털신은
눈 녹은 물로 그렁그렁하다

숟가락

침대에 모로 누워있는 숟가락
조금만 달싹여도 바로 엎어질 듯 위태하다
뜨겁고 시고 맵고 차가운 것들 똑똑 떠
캄캄한 입에 따습게 떠먹이던 숟가락
강철 사다리 같던 허리가 둥글게 휘고
가물가물한 기억은 소꿉놀이하던
감나무 아래 가 있다
손톱만큼 물을 부어 갠 슬픈 가루약은
매번 한 방울도 스며들지 못한다
다리가 들들들 들리는 숟가락이
자꾸 집에만 가잔다
당신 목숨에는 한 알도 보태지 못하는
밥풀들이 차가워지고 있다
새끼들의 어둠을 푹푹 떠내며 빛이 나던
둥근 숟가락
턱을 괴고 침대를 오종종 에워싼
캄캄한 입들이
숟가락의 등을 찬.찬.히 쓰다듬어 본다
불거진 핏대들이 뜨거워진다

해미읍성 회화나무를 뵙다

바쁠 텐데 또 왔는가
어저께도 서울서 대학생들이 왔다 갔고
동사무소 직원들이
마실 것이랑 먹을 것도 챙겨주고
문패도 새로 달아줬네
병인년, 그때는 억울한 목숨들이
한꺼번에 몇십 명씩 죽어 나갔어
이놈의 몸뚱이만 없었어도
그렇게 독한 꼴 안 보았겠지
태어난 게 죄로 가는 일이었나 봐
철삿줄에 매달린 채 식지 않은 체온들을 붙들고
내 창자는 썩어 문드러졌어
너희한테까지 험한 꼴 안 보여주고 싶어서
피 묻은 철삿줄을 깊이 삼켜버렸더니
날 궂이 하느라 온 몸뚱이가 다 쑤셔
그 일 일어난 뒤로 모진 목심 끝내려고
나도 곡기 끊었어야
시나브로 죽어가는 나를 사람들이
비싼 돈 들여 수술까지 해주며 살려냈어

죽는 것이 다인지 아느냐고
내 울음 다 들어준 바람 아니었으면
나 어찌 되었을지 몰라
애비 찾는 어린애 소리 안 들었으면
눈 딱 감아버렸을지도 몰라
여울지며 쓸려간 앞 강물 시퍼렇게 말해 주려고
나 끝까지 오래 살 것이니까
바쁜 자네는 어서 가봐, 가서 일 봐

옥수수 따는 곰

만주벌판의 옥수수밭을 지나가는데
만주벌판에서 사셨던 아버지와 할아버지를 생각하는데
여행 안내자가 옥수수 따는 곰 이야기를 한다
밤이 되면 북쪽 산에서 내려온 곰이 옥수수를
하나씩 따서 겨드랑이에 끼고
또 하나를 따서 겨드랑이에 다시 끼면서
남으로 남으로 내려간단다
새로 딴 것을 겨드랑이에 끼우느라
방금 끼운 것을 땅에 떨어뜨리고
맨 나중에 남은 하나만 겨우 가져가는
만주벌판의 옥수수 따는 곰을
가이드는 멍청하다고 자꾸 웃어 쌓는데
만주벌판을 다 일구고도
식솔만 달랑 거느리고 돌아온 아버지와 할아버지가
만주 벌판 다 지나도록 내내 숙연하다
그 넓은 벌판에다 발자국을 새기고 다닌 곰의 후예
남으로 남으로 길을 열어 조국에 돌아온
우리 아버지와 할아버지는
버리고 온 발자국들보다 달랑 챙겨 온
가난한 꿈이 더 소중했던가 보다

고비의 별

발목을 마구 베어 먹는 모래를
한사코 밀어내며
해 지는 고비에서
별을 기다리다 보았다
지는 해를 안은 빛 알갱이들
사막의 모래언덕, 빛더미들
여태 별을 밀어내고 있었다니
함부로 밟아 뭉그라진 별이었다니
별의 찰나가 모래
모래의 영혼이 별
고비에 와서 비로소 보이는
풍뎅이의 외투, 모기 눈, 가시나무 잎, 낙타 콧등
별이 아득하다고 자꾸 꼰지발 디뎠다니
반짝이는 것들 다 눈앞에 두고

물박달나무

원대리 자작나무 숲
바람을 타고 자작시라도 읊는지
자작자작 수런거리는 숲 한구석에서
외따로 서 있는 널 보게 된 거야

'아니 세상에 저렇게 많은 책을 가진 나무도 있나 저거 나무 맞아'

처음엔 내 눈을 의심했지
몸피 바깥으로 치렁치렁 달고 있는 책들
책들이 제법 두껍고 많기도 해서
네가 쓰러지지 않을까 걱정되었어
한쪽 그늘에 비스듬히 서서 책장을 넘기며
잔바람에도 심하게 휘청거렸지만
너는 이내 중심을 잡았어
저 많은 책들이 네게 중심을 짚어주었을 거야
끝까지 중심으로 돌아오는 결기로 너는
젖은 주름을 살피며 찌든 때를 털어내는
튼실한 방망이가 되었던 거야

마루 한쪽 선반의 박달나무 방망이는
할아버지 두루마기를 매만지고
때 절은 광목이불을 다시 사각거리게도 했지만
공판장 앞 간이다방 마담이 아버지한테 실실 웃던 날
오빠가 기타와 함께 밤 기차를 타던 날
따그락딱 따드락딱 탕탕탕
그동안 책을 많이 읽어서
방망이 소리도 저리 야무질 거야
그 야무진 소리로 식구들의 젖은 주름을 살폈지
축축한 걸레도 두드려 찬물에 풍덩 던졌지
저무는 고샅에 네 소리가 울리는 날엔
나는 대문 앞에서 글썽글썽 별을 기다렸지

민들레 꽃잎

뿌리가
캄캄한 땅 밑으로 길을 잡는 것은
꽃을 허공에 두기 위해서다
잎이
제 몸을 사방으로 펴는 것도
꽃의 중심을 위해서다

삶이 관절 삐걱거리고
희망이 무릎 꺾일 때
가만히 문 열어보라
실뿌리 같은 흰머리 아버지가
잎사귀처럼 허리 굵은 어머니가
아버지의 아버지가
어머니의 어머니가
대대로 쟁여둔 꽃잎들이
네 머리를 쓰다듬고
네 어깨를 토닥이고
네 뺨에 입 맞추며
와르르 네게로 쏟아질 테니

네 허리를 안아 올릴 테니
지금은 앞이 보이지 않는 너도
허공을 열어 꽃 피울 것이니

낙타 한 마리 가네

집 떠날 때 어머니는 내 발굽에
물주머니를 달아주셨다

　단단히 간직혀라
　그려야 모래더미에 파묻히지 않는다

빵덕어미 같은 숲은
바람을 몽땅 훔치고 시치미 뗀다
팍팍하게 끓는 사막은
한 발 걸으면 한 바람씩 무너진다
갈라진 발굽을 감싼 물주머니가
나를 받아 바람 위에 올려준다
얼마든지 길 앞에서 도도해질 수 있어

내 일용할 양식은
모래투성이 가시풀 한 포기
뜨거운 숨 토닥거려가며
어머니 말씀 곰곰이 삼키면

물주머니 속의 물이 줄어들어도
목이 휘도록 시린 별이 뜬다

쓸쓸하다를 복사하다

나무 한 그루 없는 낮은 구릉을 복사해
연달아 붙여놓았더군
모래 바다로 가는 길은 쓸쓸하다야
간간이 피어있는 꽃 무더기와 양 떼가
말을 걸어올 때마다
쓸쓸하다도 무리를 짓곤 했어
울퉁불퉁한 길목에 차가 나타나기를 오래 기다리다가
쓸쓸하다는 이스트와 내통한 반죽처럼 계속 부풀었어
못 나가게 막는 구름의 재봉선이 다 터졌어
낡은 게르의 천장 구멍으로
마른버짐 번지듯 쓸쓸하다를 퍼뜨리던 달빛조차
끝내 넘볼 수 없는 별이 뜨자
깜짝 놀라 반역을 도모하며 뭉치더군
더는 쓸쓸하다의 지배를 받을 수 없다고
별들도 사막의 모래들을 슬금슬금 회유하데
정말이지 사막을 폐위시키고
바다를 옹립할 것인가
사람과 함께 태어난 쓸쓸하다는
사람이 죽어도 저는 살지

반역은 잠깐 성공하고 곧 실패할 거야
쓸쓸하다를 복사하는 건 사막 말고도 아주 많거든

시간여행

걸음을 앞질러 가는 시간을 너라고 부르기로 했어
저물녘의 앞선 그림자 같기도 해
한 몸이라 여기고 푸른 문장을 주었지만
어느새가 나를 앞질러 걷는 거야
바람이 불기 전에 이파리가 먼저 흔들릴 수 있어
가끔은 상관없는 나를 서쪽으로 끌고 가는 거야

바람 좋은 날
너보다 내가 먼저 출발했어
줄 하나로 묶어 천천히 걷도록 지긋이 당겼어
잔디밭에서는 납작 엎드려보기도 하고
좌판의 할머니와 오이 하나를 아삭거리게도 했어
낯설었던지 줄을 팽팽하게 당기기도 하고 벗어날 듯 앞서 가기도 하더군
바람을 묶을 수 있다는 생각은 안 했어
그냥 문장을 나누어 쓰고만 싶었지

앞산도 딛게 하고 모래사장에 발자국을 남기기도 했어
발자국을 파도가 한입에 먹어치우는 걸 보여주자

그때야 내 옆에 서서 천천히 걷기 시작했지
단추를 누르면 비치파라솔이 되는 것처럼
탈출한 습관의 방사형 길이 환하게 채색되었어

먼 여행은 그렇게 가는 것이라고 너를 달랬어

3부

나비 편지

울란바토르대학 기숙사에는
겹겹이 놓인 이층 침대가 있다
철제골조 위에 얇은 합판때기를
대충대충 걸쳐 놓은 침대는
남루한 청춘들의 무게를 받아주느라
녹이 난 뼈가 다 뭉개지는 중이다
시멘트 바닥에 내던져진 채
걸핏하면 아무렇게나 삐걱거리며
눈만 흘겨도 와르르 무너질 것 같은데
젊은 꿈의 공간이 용케도 버티고 있다
나무에서 합판이 되고
다시 대학 기숙사에 오는 길의 흔적이
함부로 찍힌 합판때기 이층 침대 등짝에
나비처럼 나풀거리는 노란 메모지들
몽골의 기마민족 어느 후손이
절대로 잊지 않으려는 듯이
초원의 이력을 꼼꼼히 적어놓았다
나도 백제의 바람 이야기를
또박또박 적어 노란 메모지 옆에 나란히 붙인다

노랑나비 한 쌍의 더듬이가 서로에게 닿는다
저도 내 말 모르고
나도 제 말 모르지만
몽골 구석구석을 헤매는 동안
손가락만 까닥해도 금방
무슨 일이라도 저지를 것 같은
더듬이를 맞댄 노란 나비들이
초원을 누비는 걸 나는 보았다

수평에 들다

빌딩이며 계급이며 성적이며
사람 사는 곳은 수직이 힘이라는데
몽골의 초원에선
나무조차 수직으로 자랄 수가 없다
수평으로 기울어가는 전봇대만
가까스로 수직의 허망함을 말해준다
바람이 온종일 초원을 쓰다듬고
수평으로 사는 방석 식물들이
작은 벌레를 꼼꼼히 키운다
말똥가리가 수평으로 나는 것도
수평에다 알을 까고 수평에서 자라기 때문이다
기를 쓰고 자란 유채도 귀리도
수평을 흔들지 못한다
두 팔을 높이 들어도 수평을 벗어나지 않고
일어나 뛰어도 수평에 머물 줄 안다.
초원에서는 누구나 벌렁 드러누워
기꺼이 수평에 든다

성덕왕버들

쭉정이를 태우는 빈들에 연기가 자욱하다
왕버들은 잎 하나를 떨군다
그늘 아래 쓰다듬어 기르던 목매기 송아지를
보낼 때가 된 것이다
젖 먹던 힘까지 끌어내어 세상의 굴레를
밀고 가는, 이제는 어른이 된 아들을 보며
가슴엔 옹두리가 늘어간다

코뚜레가 너무 꽉 조인다고 건의했다가
남들 다 부러워하던 직장에서 정리된 아들이
다시 왕버들 곁으로 왔다

정리 해고의 기억도 살랑살랑 요람을 타고
몸통이 팟종 같은 왕버드나무와
아버지 곁에 자리를 잡은 아들 버드나무
잎마다 챙챙챙 별이 돋는다

* 성덕왕버들 : 김제시 봉남면 종덕리 성덕마을의 470년 된 노거수

백두산 꽃밭에

백두산 너른 꽃밭 한구석에
노랑빛 한 무더기 나풀거린다
가까이 가보니 나비 떼다
사람이 다가가도 꿈쩍도 않는 연노랑나비 떼
궁금하여 더 바짝 다가갔다가
수북한 나비 떼 옆에
똬리를 틀고 있는 큰 구렁이를 보고 말았다
구렁이에게서 나온 물기가 함지박만 하게 번지고 있다
나비 떼는 날개를 접었다 폈다 하며
구렁이 오줌에 머리를 박고
어린 햇살은 늙은 구렁이를 토닥거린다
궁궁이도 어깨 위로 꽃대를 쭉 뽑아 올리고
구렁이가 오줌을 쌌다네 구렁이가 오줌을 쌌다네
오랑캐 장구채는 풍편을 동네방네 돌린다
나비는 꿀만 먹고 사는 게 아니라
오줌 똥 눈물도 먹고 콧구멍도 들락거리며
저렇게 아름다운 날개를 벼리는구나
나비는 꿀만 먹고 산다는 생각
나도 달콤한 꿈만 있다면 구만리 하늘쯤

얼마든지 나비처럼 하늘거릴 수 있겠다던 생각이
폭탄 맞은 듯 사라지는 아침
열없이 자리를 뜨는 발자국에
오줌도 못 싸는 용담꽃들이
더 드세게 목을 세운다

참외

참외의 태자리엔 바다가 산다
제 몸 하나만 똑 떨어져
남의 나라에 시집온 여자가
머리에서 발끝까지 새겨있던 유년의 얼레를
낯선 바람 속에서 감았다 풀었다
가느다랗게 놓치기도 한다

쏟을 데도 받아줄 데도 없어
참외는 제 속에 바다를 들여놓고는
배꼽을 단단히 봉했으므로 바다는
그 속에서 가끔 쿨렁거린다
말이 서툰 파도는 태자리가 캄캄해
생목이 울컥울컥 올라오기도 한다

바람을 다 읽어 잘 익은 참외가
배꼽을 열어 바다를 풀어놓는다
외씨만 한 새끼들 나란히 태우고
어디로 떠날지 알 수 없는 조각배가 된다
참외의 태자리에는
조각배를 띄울 바다가 산다

달개비꽃

닭장 밑에서
닭똥 받아먹고 산다고 해서
닭의장풀이라고도 부른다

상아를 가졌지만 닭 부리라고 한다
닭 애비라는 누명을 쓴 채
드넓은 풀밭과 우거진 삼림을 빼앗겼다
제가 누군지도
어디가 고향인지도 까마득하여
닭똥 같은 눈물만 흘리다
제 눈물에 녹아내려 어깨가 무너진 꽃이다

그 천덕꾸러기 닭 애비들이
하필이면 창덕궁 낙선재
담 모퉁이 응달에 와서
제 세상 만난 듯 무리 지어 피어 있다

닭벼슬로는 나라 망한 줄을 모른다

새로 태어나는 별

어둠 속에 웅크리고 살았어
어둠이 집이고 먼지가 밥이었지
언젠가는 별이 되리라는 믿음이 있었어
주변의 찬란한 어른들도
한때는 어둠 속에서 먼지를 먹었다고 들었거든

하늘의 어둠 속에 있는 동안 지상에는
성냥개비만 한 아파트가 거대한 그늘을 쑥쑥 키우고
먼지들은 서둘러 얼찐거리며 길을 감추었어
자동차는 엉겨붙은 채 기어이 앞서려고 꼬물거렸고
기차는 꿰맨 흉터를 선명하게 남기며 지퍼처럼 지나갔지

어느 날 지상에서
재빨리 세상으로 뛰어내린 내 발자국이
어둠 속에 끌리며 떨어졌어
짧은 그 순간 내 발자국에게 소원을 비는
간절한 눈빛 하나, 이 세상에
새로 태어나는 별 하나를 나는 보았어

바다의 비밀

건너편 산이 허리를 휘청하더니
제 자리로 돌아간다
의심할 겨를도 주지 않고
작은 눈송이 하나가 뛰어내린다

그것이 신호였던가
눈송이가 눈송이를 데리고
어미가 새끼를 데리고
친구가 친구 손잡고
폭포가 되어 우르르 우르르
한참을 그렇게 뛰어내렸다

눈은 왜 쏟아져 내렸을까 노루는
토끼의 눈빛은 왜 뛰어내렸을까
산에 깃들인 새 소리며 벌레울음은
왜 쏟아져 내리고 말았을까
저렇게 뛰어내리고 쏟아져도
끝끝내 아무 일 없는 듯한
바다의 비밀을 신은 왜 하필
나에게 들켰을까

길수

길수야 하고 제 이름자를
또박또박 불러줘야
주인 앞에 오는
덩치가 앞산만 한 길수

우체부가 오면 바깥일엔 관심 없다는 듯
건성으로 두어 번 짖는데
언뜻 보이는 송곳니에
햇살이 챙챙 감기는 길수

새 부직포 깔아놓자마자
시궁쥐에게 집을 뺏기고
문밖에서 밤새 노루잠 자는
집주인 길수

죄를 모르는 눈만 깜빡이는 시궁쥐들과
대책 없는 알종아리만 종종대는 까치들의
발자국이 밥그릇 주위로 쌓여도
멀리서 맴만 도는 밥 주인 길수

덩치는 산만한 놈이 등신같이
니 밥도 못 찾아 먹느냐고
나무라다 달래다 두 손 든 주인의
신발 끄는 소리 위로
낮게 뜬 별이 또랑또랑
귀를 연다

금동향로

박물관 진열대 속 그는
반쯤 눈 감은 부처의 눈빛으로 앉아 있었어요
그가 맨몸으로 향을 수백 년 지켜온 것은
해와 달을 오래 곁에 두었기 때문이지요
새까만 숯덩이도 담았고
더러운 먼지를 먹었어도
맑은 향기를 피워올렸다는 그의 문장에 반해
나도 몇 번은 그를 흉내 내본 적이 있었지요

꽃이 피고 바람을 품었다는
그의 비밀을 낮은 곳을 보면서 알고 말았어요
그가 발아래 감추고 있던 출생비밀을
투명한 유리가 보여준 거지요
그의 시선이 늘 가 있는 발바닥에
모 조 품, 파란색 지문이 선명했어요
박물관 진열대 안에는
한때 내가 흉내 내었던 문장들이
길을 잃은 채 자꾸 어른거렸어요

자물쇠

임진각 난간을 부여잡은 외눈박이 자물쇠

까마득히 날아가 어딘가에 묻혀버린 열쇠

서로를 단단히 물리고도 바라볼 수 없다

꽃봉오리의 계절은 눈비에 녹이 슬어

이제 너와 나는 서로 열리지 않는다

꽃이었던 기억을 잊은 너와 나 사이에서

녹에 낀 이끼라도 이 악물고 지키고 있다

눈 내리는 벽

벽과 벽의 입술이 닿는 방
얇은 판자문은 여닫을 때마다 허리가 출렁거렸다
눈코 사라진 벽에
창문을 내고 싶어 하는 것은 눈이 내려서 일까

창가에는 가슴 열린 꽃이 오종종 눈을 맞고 있었다
찬 벽에는 12월만 남아있는 달력 한 장 얻어다 붙였다
여닫지는 못해도 가끔 차가운 별빛이 드나들었다

알바비는 눈 속에 묻히고
판자문보다 어머니가 더 크게 삐걱거렸다
젊은 날도 눈송이처럼 뭉쳐지면 굴러가기 힘들다는
대꾸가 방안을 평정했다

벽에서 물이 흘렀다
밤새 흐르던 물이 파란 하늘과
뭉게구름을 스윽 밀어내 버렸다
꽃밭의 가족도 펄럭 떨어뜨렸다

벽은 한쪽으로 걸어간 발자국을 자꾸 불러냈다
겨우내 녹다말다 한 눈물이 들어앉아 한 살림 차렸다
달빛이 따뜻한 물댕기를 만들어 주지 않았으면
그나마 봄이 못 올 뻔했다

아버지의 유언

백두산 천지 한 갈래는
하얼빈 거쳐 송화강에서 습지가 된다
끝내 바다로 흐르지 못하고

송화강도 바다에 닿겠지
좀 느리지만 언젠가는 닿겠지 싶어
바다 대신 송화강에 아버지를 내려드린
조선족 여인의 눈엔 질척질척한 습지가 산다

이불 둘러쓰고 한국방송을 듣던 아버지
내 죽거든 바다에 뿌려줘라
남쪽으로 흘러 고향에 닿고 싶다던 아버지
북극의 삶은 평생 질척이거나 얼어있어
끝내 바다에 닿지 못하는 송화강

하얼빈시 빙등축제에
떼밀려 나온 송화강의 얼음조각들

꽝꽝 언 아버지의 유언이

빙등축제에 너른 마당을 적시며
햇빛 아래 말라가고 있다

꽃 속에 앉아

꽃 속에 앉아
빗질 자국 가지런한 내 몸에
이슬비가 놀러 오면 먼 나라의
몸피 하얀 자작나무 이야기를 졸라야지
나는 괜히 눈가가 촉촉해질 거야
물푸레나무를 푸르게 받아쓰는
시냇물도 아는 체 해야지
부엌으로 가서 노을 같은 꽃잎
두어 개를 느긋하게 구워
양떼구름에게도 하나 건네줘야지
우편배달원 나비가 암술에게
때를 알려주면
얼른 꽃잎 대문 지그려주고
나도 씨방에 들어가 자올자올
공짜로 잠들어야지

4부

보고지고

누가 시냇물에게
이 말을 가르쳤을까
누가 바람에게 이 말을
귀띔해주었을까
꽃들은 어떻게 그런 걸
다 눈치챘을까
여름 다 가도록 매미들도
보고지고보고지고 자지러진다

청혼

달이 등 뒤에 감추었던 눈웃음을
감실감실 세상 쪽으로 밀어준다

저 달 너 따줄게

차르락차르락 항아리를 씻어
찰람찰람 물을 담는 당신

이 달 너 가져

달 뜨는 항아리 속
달떠서 성전 짓는 밤

늦은 네 시

오늘도 전화가 없다
거실바닥에 앉아 온종일 꽃잎만 따낸다
꽃잎 위에 수북하니 쌓이는
그 거리
그 찻집
그 음악이 먹먹하다
초침소리는 발효되지 않고
발걸음 소리가 삭아가는 동안
꽃잎 무덤이 둥글어진다

아무 일 없다

그가 오길 기다리는 동안
아무 일도 일어나지 않았다, 다만

일주일치 빨래를 하고
집에 온 친구와 국수를 나눠 먹고
한낮의 매화 꽃잎을 천.천.히 세었다

일본에선 쓰나미가 일어났고
어머니가 쓰러져 병원에 가셨고
갓 태어난 조카는 서.서.히 말문이 터졌다

그가 오길 기다리는 동안
아무 일도 일어나지 않았다

꽃이 그랬다

햇볕이 꽃을 피운다고
말하지 마라
바람이 꽃을 지운다고
탓하지 마라
피는 것도 지는 것도
꽃이 그랬다

몽골

바작바작 마르는 풀 향기
느릿느릿 가는 시냇물
되가웃씩 들여 마시는 먼지
저녁별의 귀잠 자락에 울리는
어린 말 투레질 소리

가을 저녁

느티나무 잎은 푸르게 살라고
바람결에 놓아주고

나비 날개 한쪽을 나르는 개미에게
저녁은 일찍 길을 비켜준다

늦은 귀가를 서두르는 발자국을
가만히 안아서 가져오고

온종일 구름을 따라가던
하현달의 굽은 어깨가 골목길을 걸어간다

메아리처럼 돌아와 홀로 눕는
너의 그림자가 길다

노숙

귀뚜라미가 앉아 풀피리 불던
가난한 개미가 여기저기 파먹은
구멍 숭숭 뚫린
나뭇잎이
든든한 지붕인가
울타리도 없이
오물오물 자글자글
허름한 미물들이
천연스레 모여 산다

낮달

해 지는 초저녁에
솟아오른 보름달이
서쪽으로 서쪽으로
밤새 굴렀어도
해 뜨는 아침까지
김제들판 다 건너지 못해
한낮까지 남아서
나머지 공부를 한다

국을 끓이다

건더기가 적은 아버지의 말 습관은
멀뚱멀뚱하다
가장자리를 타고 넘치는 어머니의 저녁은
그렁그렁하다
그래, 다시 해보자
시어터진 그리움도 쑹덩쑹덩 썰어 넣고
낯선 별자리도 몇 개 털어 넣고
어머니는 잘박잘박 물을 잡는다
꼭꼭 여민 말이 꺼풀을 벗을 때마다
격자무늬 눈빛이 마음 밖에서 어룽거린다
어쩌다 한쪽 구석까지 굴러가 틀어박힌
양파 같은 아버지,
발효 끝난 옛날을 한 술 풀어 넣는다

아귀

늘 목이 쇠도록 소리 질렀네

가는 곳마다 다른 얼굴인 그에게 지쳐
띠는 낡고 매듭은 느슨해졌네

무엇이든 눈 맞추기 시작했네
눈에 띄는 족족 맛도 모르는 채 집어삼켰네
한없이 가지를 벋는 통에 당신을 온전히 먹을 수는 없었네
먹어도 먹어도 허기지는 당신을 떠났네

바람으로 요기를 했네
새소리는 간식이었지
몸이 쿨렁쿨렁 줄어들었는데
너무 커져서 누군가에 잡힌 것 같았네
나를 둥그렇게 안는 세 번째
사랑을 삼켰네

소리소리 지르던 아귀는
사랑보다 더 큰 사랑을 먹었네

시를 찾다

어디 두었을까
서랍 컴컴한 구석구석을
더듬어보고
서류 갈피갈피까지
샅샅이 들여다봐도
쓰다만 시 한쪽
찾을 길 없더니
봄 햇살 한 귀퉁이
슬그머니 돋는 새싹

오늘

마지막 책장을 덮자마자
백목련은 새싹으로 붓을 내밀고
이팝나무는 푸진 밥상을 차려내고
개미는 양식 쟁일 굴을
더 길게 배달했다
은사시는 손뼉을 치다가
피라미는 해를 따라 돌다가
나는 안경을 찾다가
또 이렇게 늙는다

■ 해설

하찮은 것들이 뿜어대는 존재의 가치

호 병 탁(문학평론가)

1.

인간은 언제나 시 · 공의 제약 속에 삶을 영위하는 존재다. 과거는 회복할 수 없는 절대적 세계고 미래는 통어할 수 없는 불확실의 세계다. 문학은 '언어'를 매개로 하여 이런 시간적 한계를 극복한다. 또한, 감각차원의 공간을 재생함으로 제한된 공간을 확대한다. 문학은 언어를 통해 역사와 철학을 감당해 낸다. 인류가 살아온 삶의 궤적과 그 기억이 역사라는 과거다. 인간은 무엇이며 어떻게 살아야 할 것인가를 따지는 철학은 미래를 겨냥한다. 문학은 바로 인간의 역사와 철학을, 즉 과거와 미래를 동시에 다루는 강력한 역량을 가진 예술이다. 인류의 기억도 삶의 의의도 '언어'로 정리되지 못하면 논의조차 불가능한 것이 아닌가. 문학은 바로 이런 언어를 가지고 인간이 시 · 공의 한계를 넘나들며 창조되는 독특한 세계인 것이다.

이번에 발간되는 김영의 시집은 이런 문학의 놀라운 역량을 유감없이 발휘하고 있는 것으로 보인다. 여러 말할 것 없이 「망해사 앞바다」를 읽으며 그 이유를 설명하겠다.

아침에 퇴근하고 저녁에 출근하는
천만년 꺼내 써도 끄떡없는 통장을 가진

조막만 한 새끼들 짱짱하게 키워내고
뒤안 툇마루까지 반들반들 닦는

뉘엿뉘엿 해를 눕히며 후끈 색을 쓰고
새벽에 한 번 더 확 달아오르는

팔도 사내들이 매운 귀싸대기 맞아감서도
목숨 걸고 풍덩 뛰어드는

부처님 코 다 빨아먹고
귀때기도 다 핥아 먹는 여자

묵언하는 능소화가 슬슬 담장을 넘고
담벼락도 흐물흐물 녹아내리는데

달빛도 서리해 먹는 사내의
두터운 등짝을 쓸며

달 뜨는 밤마다 갯땅 위로
한사코 기어오르는 여자

–「망해사 앞바다」 전문

이 시는 한 여자를 "핥아 먹는" 그리고 "기어오르는" 여자로 두 번 수식하는 것이 전부다. 즉 한 여자가 있는데 그 여자가 어떤 여자인지 두 번 설명하는 것으로 시 전체를 구성하고 있다는 말이다. 특이한 점은 그 여자에 대해 '풀이하는 말'인 술어를 사용해 설명하는 것이 아니라 '꾸미는 말'인 수식어만 사용해 설명하고 있다는 점이다. 즉 행위주체인 여자가 '무엇을 한다'가 아니라 '무엇을 하는' 여자가 되는 형식으로 엄밀히 따지자면 술어는 없고 주어밖에 없기 때문에 완전한 문장구조를 갖추지 못했다고 볼 수 있다. 그러나 시에서의 언어 운용은 의미하는 바를 드러내기 위한 수단의 차원뿐 아니라 그 운용방식 자체가 독특한 의미를 창출하는 것임을 유의해야 한다. 언어형식 자체가 끊임없이 의미화되고 있다는 말이다. 이렇게 동작이나 상태의 주체가 되는 말, 즉 임자말 중심으로 구성된 위의 시는 시인의 면밀한 계획에 의해 언어의 속성을 확대하고 변형시켜 만들어진 조형물이다. 이는 예기되는 시적 대상에 대한 관성적 · 자동적인 반응 감각을 벗어나 독자의 새롭고 깊은 지각을 요구하게 된다.

'망해사望海寺'는 뜻 그대로 '바다를 바라보는 절'이다. 우리는 「망해사 앞바다」라는 제목을 보고—그곳을 가 본 사람이나 안 가 본 사람이나—망망대해를 바라보고 서 있는 쓸쓸한 절의 모습을 연상한다. 실제로 봄에 이 절을 다녀온 사람이라면 하얀 벚꽃이 바람에 흩날리고 부서진 파도가 절 앞마당까지 들이치던 기억이 여실할 것이다. 오솔길을 휘어 돌면 절 마당이 나오고 모두가 바다를 보고 있다. 오래된 절도 바다를 보고 있고, 고목이 된 팽나무도 바다를 보고 있다. 나무 아래 서 있는 사람도 바다를 보고, 나무 옆 자그만 종각도 바다를 바라본다. 모든 것이 '망해'다. 이런 서정 짙은 풍경은 저절로 우리를 감성의 세계로 이끈다. 시를 시답게 하는 것이 서정이라면 망해사에 대한 이런 구체적 기억의 끈은 일단 우리에게 시적 정서가 가득한 눈으로 이 작품을 대하게 한다.

그러나 첫 행에 느닷없이 등장하는 '출퇴근'이나 '통장'이란 말은 '쓸쓸한 절'과는 너무 이질적이어서 우리를 당황하게 한다. 더구나 가당치도 않게 생각되는 이런 말에 더하여 "아침에 퇴근하고 저녁에 출근"한다는 비정상적인 발화는 도대체가 낯설기만 하다. 일견, 시는 이렇게 얼토당토않은 말로 문을 연다.

결론을 먼저 말하자. 보통사람과는 거꾸로 출퇴근하고, 잔고가 넉넉한 통장을 가지고 있는 이 여자는 바로 '망해사 앞바다'다.

일상 언어에서 기호는 표현과 내용의 결합이 자의적이지만 문학 언어는 도상적이라 할 수 있다. 상형iconic으로 기호가 그 대상물과 유사성을 갖게 하거나, 지표指標로 그 대상물을 연상하게 하거나, 상징으로 대상물을 환유하게도 한다. 이렇게 도상적인 문학텍스트, 특히 시 테스트에서는 언어의 형식적 요소가 끊임없이 의미화되고 그 결과 '여자'는 '바다'가 될 수 있는 것이다. 확실히 '여자'와 '바다'의 관계는 낯설다. '기독교'와 '십자가', 혹은 '순결'과 '백합'처럼 쉽게 연결이 되지 않는다. 시인은 일상 언어의 관습적 사용을 일탈하여 대상에 대한 새로운 지각을 확보하려 한다. 대상을 상투적 문맥에서 탈피시키고 본질적으로 다른 개념에 위치시켜 습관적 · 기계적 표현과 반응에 충격을 주고자 하는 것이다. 이러한 일탈은 미학적 인식의 핵심이 된다. 시인은 아무 상관도 없는 '출퇴근하는 여자'와 '망해사 앞바다'를 '닮음'의 도상적 관계로 본다. 얼토당토않은 것처럼 보이는 첫 연의 시작은 실상 시인의 의도적인 기획에 의해 조형된 것이다.

이제 시는 거침없이 읽힌다. 바다의 조수는 저녁에 밀물이 되어 절 마당 앞에 가득하고 아침엔 썰물이 되어 난바다로 빠진다. 술집 여자처럼 '저녁에 출근하고 아침에 퇴근'한다는 비정상적인 출퇴근이 말이 된다. 나가고 들어올 뿐 바닷물은 주는 법이 없다. '천만년' 써도 "끄떡없는 통장을 가진" 여자와도 같다.

그런데 이 여자는 "조막만 한 새끼들 짱짱하게 키워" 내고 "툇마루까지 반들반들 닦는" 억척스럽고 깔끔하기도 하지만 저녁에 출근하는 여자답게 상당히 관능적이다. 그녀는 "뉘엿뉘엿 해를 눕히며 후끈 색을 쓰고/ 새벽에 한 번 더 확 달아"오른다. 일출과 일몰의 하늘은 온통 붉게 타오른다. 붉게 물든 하늘과 그녀의 뜨거운 관능은 조화롭게 대비되며 강렬한 감각의 파장을 뿜어댄다.

이런 여자라면 "팔도 사내들이" "목숨 걸고" 달려들 만하다. 여자의 충만한 에너지는 돌부처의 무르팍을 다 까내고 코때기 귀때기까지 "빨아먹고" "핥아 먹는"다. 시는 이제 가파르게 정점에 오르고 있다. 이 시는 각각 2행씩 8연으로 구성되어 있다. 여자, 즉 바다의 여러 가지 구체적 행위의 묘사는 시행들이 진행되는 동안 그 농도를 더하더니 마침내 5연에 이르러 절 마당까지 올라와 부처의 코와 귀를 빨아대고 핥아대고 있는 것이다. 관능의 농도가 이 이상 짙을 수가 없다.

그러나 '빨고 핥는' 강렬한 촉각적 심상은 원심력으로 뻗어 나가 돌부처에 새로운 이미지를 변주한다. 그것은 심원한 바다의 속성 자체에서 기인한다. 바다는 존재하는 모든 생명의 기원으로 태초 그대로 지금도 수많은 생명을 품고 철썩인다. 오랜 세월, 파도가 끊임없이 해안을 깎아대듯 바다는 서서히 돌부처를 마모시켰다. 해풍은 돌부처의 귀를 핥았고, 파도 끝의 포말은 코를 빨았다. 아득한 시간에 걸쳐 돌부처는 두루뭉술한 얼굴을 하게 된 것이다.

바람을 맞고 묵묵히 바다를 보고 서 있는 돌부처, 이 모습은 이 글 초입에서 언급한 시 · 공의 한계와 그 속에서 삶을 영위하는 우리를 돌아보게 한다. 바다는 원시 그대로 생명을 잉태하고 기르며 꿈틀댄다. '천만년'을 써도 끄떡없는 생명의 물을 담고 하루도 빠짐없이 밀물 썰물 변함없이 '출퇴근'한다. 수천 년을 버티는 돌부처도 바닷바람에 하루하루 그 형태를 잃어간다. 두루뭉술한 얼굴로 우두커니 바다를 보고 있는 돌부처는 바로 '회복할 수 없는 과거'와 '통어할 수 없는 미래'의 표상이 된다. 바다와 돌부처, 이 둘의 관계를 보면 지지고 볶고 사는 우리의 삶이라는 게 그야말로 파도 끝에 부서져 '순간 허공에 멈춘 물방울 하나'에 불과하지 않은가. 우두커니 마모되어가는 돌부처는 삶의 형이상학적 의미망을 포착하게 하는 진정한 부처의 역할을 다하며 서 있다.

여자가 보여주는 구체적 행동들은 시 모든 행간에 역동성을 부여한다. 정적인 사물들이 동적인 자세를 취하며 꿈틀댄다. 쓸쓸하던 절은 이제 움직임으로 수런거린다. "묵언하는 능소화가" 담장을 넘어가고, "담벼락도" 허물어져 내린다. 이 시에서 여자의 행위 외에 유일한 움직임을 보이고 있는 사물은 '능소화'와 '담벼락'이다. 고즈넉한 절을 배경으로 이 말 없는 것들의 비가시적 움직임은 많은 것을 시사한다. 나무줄기가 조금씩 담을 넘는 움직임도, 오랜 세월에 걸쳐 무너져가는 담장의 움직임도 우리의 육안으로 당장 포착되는 건 아니다. 그러나 이 움직임은 확실하다. 또한, 능소화가 넘어가는 것도 '담'이요, 허물어지는 것도 '담'이다. 이것도 확실하다. 우리는 여기서 '해풍을 맞는 돌부처'와 마찬가지로 사물이 만드는 단순한 정경을 초월하여 높게 비상하는 존재론적 사유를 보게 된다. 어찌 보면 이 사물들이 보여주는 묵언의 동작은 자연의 순리다. 능소화는 자기의 속성대로 줄기를 뻗쳐야 하고 오래된 돌담 역시 세월의 무게로 허물어질 수밖에 없다. 화자는 이들을 통해 통렬한 실존적 자기인식을 노정하고 있는 것이다.

2.

다음 연에서 여자는 "달빛도 서리해 먹는 사내의/ 두터운 등짝을 쓸"고 있다. 정염에 불타던 여자는 이제 아주 살갑다. 망해사의 조그만 마당에 들어서면 언제나 바닷바람이 한꺼번에 달려든다. 극락전과 낙서전, 종각과 요사채가 전부인 절은 소박하다. 크다는 것을 아예 외면한 작은 구조물들은 올망졸망 서로를 의지하며 기대고 있다. 그래서인지 이 절에 관광객이 득실거리는 일은 절대 없다. 몇 나그네가 서성거리고 있을 뿐 늘 고적함이 가득하다. 여자는 그래서 자기를 찾아 객이 오면 반갑게 달려들어 살가운 손길로 그의 등짝을 쓸어주게 되는 것이다.

이 시에서 망해사 앞바다는 철저히 '여자'로, 그것도 요염하기도 하고 살갑기도 한 여자로 의인화되어있다. 당연히 그녀의 상대는 '사내'가, 그것도 '두터운 등짝'을 가진 '사내'가 되게 된다. 나그네는 '조선 팔도'에서 온 사내들이다. "귀싸대기 맞아감서도" 달려드는 사내들이다. 더 중요한 것은 이들이 "달빛도 서리해 먹는" 사내들이란 점이다.

달은 바다의 조수와 절대적 관계를 갖는다. 유일한 지구의 반려 위성인 달은 밀물과 썰물, 사리와 조금을 만들어내 인간의 생활과 정서에 각별한 영향을 끼친다. 바다가 부풀고 달빛이 은가루를 뿌려 그 위에 일렁이면 사람도 짐승도 발정이 난다고 한다. 팔도 사내들이 이런 호기회를 놓칠 리 없다. 사내들은 '서리'를 한다. 서리는 주인 몰래 '장난으로' 남의 것을 훔쳐 먹는 일이다. 절도와는 그 성격이 다르다. 그래도 잘못되면 서리는 절도가 될 수 있고 자칫 '귀싸대기'도 맞고, 더 나가 "목숨 걸고 풍덩" 바다에 뛰어드는 꼴이 될 수도 있다.

그러나 대개의 주인은 참외 몇 개 서리하는 아이들을 눈감아 준다. 이처럼 여자는 자신을 훔쳐 먹는 사내들을 눈감아 준다. 천만년을 써도 끄떡없는 '넓이와 깊이'를 갖고 있기 때문일 터이다. 이런 여자라면 별 쏟아지는 밤에 나직나직 노래까지 불러 줄 것이다.

저녁에 출근하는 바다는 때맞추어 언제나 밀물로 들어

찬다. 이 또한 불변하는 자연의 이치다. 조수간만의 움직임은 과거와 마찬가지로 현재에도, 미래에도 자연계의 원리와 법칙으로 작동할 것이다. 따라서 바다는 "달 뜨는 밤"이 되면 갯냄새 불끈불끈 일으키며 "갯땅 위"까지 "한사코 기어오르는" 것이다. '한사코'라는 부사어는 끝까지 여자의 행위에 강한 역동성을 부여한다. 시는 이렇게 마감된다.

3.

이 시는 '망해사 앞바다'를 그리고 있다. 그럼에도 풍광의 묘사는 한 마디도 없다. 최소한 서해의 낙조 정도는 묘사될 것으로 예측하지만 그런 건 없다. 또한, 화자의 판단이나 견해도 없다. 외롭다든지 슬프다든지 하는 발화 주체의 감정도 전혀 드러나지 않는다. 오직 한 여자의 행위만을 묘사하고 있을 뿐이다. 이 시는 '여자'라는 종지형이 두 번 반복되며 끝이 난다. 그러나 '무엇과 무엇을 하는' 모든 행위 다음에 '여자'가 생략된 것임을 감안하면 이 시는 철저히 '무엇 하는 여자'로만 병치 되고 있음이 쉽게 파악된다. 이 여자는 저녁에 출근하고, 잔고가 넉넉한 통장을 가진 여자다. 새끼들 잘 키우고, 툇마루까지 깨끗하게 닦는 살뜰한 여자다. 저녁에 색 쓰고, 새벽에도 달아오르는 열정의 여자다. 그리하여 부처님 코도 빨아먹고 귀때기도 핥아 먹는 여자다. 서리하는 사내 등짝 쓸어주고, 달뜨는 밤 갯둑까지 한사코 기어오르는 여자다. 이 시에 여자의 행위 외에 무엇이 또 있는가.

대개의 사람들은 저녁 바다를 보며 석양의 하늘을, 철썩이는 파도를, 외롭게 나는 갈매기를 그리게 된다. 동시에 그런 풍경이 일으키는 감정의 반응, 즉 그리움이나 쓸쓸함 같은 심사를 표출하게 된다. 그러나 그게 그거다. 현실경험에 대한 단순반복의 재생은 좋은 시가 될 수 없다. 좋은 시에는 '뻔한' 현실경험 속에서 도출하는 '뻔한' 얘기를 넘어서는 소위 일탈적 사건이 있다. 여자의 여러 행위는 일상적이고 관습적인 우리의 예상을 전복시키고 있다. 타는 정렬과 잔잔한 살가움, 뜨거운 가슴과 서늘한 손길을 함께 가진 여자를 우리는 이 시에서 만나게 된다.

'여자'라는 종지형으로만 구성된 이 시에는 서로 관련 없어 보이는 행위가 서로 병치 됨으로써 새로운 의미로 전환된다. 연속되는 '행위'의 열거뿐이지만 우리는 행간의 여기저기에서 볼 것은 다 본다. "뉘엿뉘엿" 떨어지는 서해의 낙조를 보고, 외로운 절 담장의 능소화를 본다. 절 뒤꼍의 반들반들 닦인 툇마루까지 본다. 그리고 형체를 읽어가는 돌부처와 한사코 갯둑에 기어오르는 여자의 모습에서 우리는 마침내 영원 속의 한 점을 보게 된다. 고독 속에 실존하는 스스로의 실체를 보게 된다. 풍경의 묘사도, 감정의 격발도 전혀 없는 이 시는 그럼에도 이처럼 볼 것 다 보여주고 알려줄 것 다 알려준다.

4.

또한, 특별히 주목되는 것은 그 흔한 직유 하나도 이 시에 사용되고 있지 않다는 점이다. 김영의 시편에서 '낱말로서의 비유'는 여간해서 찾아보기 힘들다. 대상을 감각적으로 자극하는 심상의 발전적 전개가 비유라면 이런 글쓰기는 이례적이다. 그러나 시인은 비유를 고립된 낱말의 층위에서 사용하지 않을 뿐이지 결코 배제하는 게 아니다. 시인은 한 편의 시 전체가 비유적인 언술로 직조되도록 틀을 짠다.

역시 직유 하나 없이 시가 큰 비유가 되어 새로운 의미로 작동하는 다른 시 하나를 보자.

> 동안거 풀린 마당에
> 햇볕 몇 알이 흩어져 있다
> 병아리 데리고 나온 어미 닭이
> 물었다 놓았다 하는 쭉정이를
> 겨우내 눈 속에 묻혀 있던 말씀을
> 무릎 꺾어 한 알씩 줍는 스님
> 공염불 내던지고 뛰쳐나간

여드름투성이 뒷방 행자의
투정을 주울 때마다
어미 닭은 넙죽넙죽 절을 받는다

–「염주를 줍다」 전문

산사에 봄이 왔다. 길고 긴 겨울 한 철을 방구석에 틀어박혀 좌선하던 스님도 절 마당에 나왔다. "병아리 데리고" 어미 닭도 밖에 나온 것이 완연한 봄이다. 그 닭이 눈이 녹아 마당에 드러난 염주 알을 "물었다 놓았다 하는" 것이 스님의 눈에 띈다. 염주는 염불할 때 손으로 돌려 개수를 세거나, 손목이나 목에 거는 법구法具다. 감히 닭 같은 미물이 불가의 법구를 물었다 놨다 하다니 큰 불경이다. 당연히 스님은 "무릎 꺾어 한 알씩" 주울 수밖에 없다. 그런데 무릎 꺾고 고개 수그리는 스님의 동작은 절하는 모습과 흡사하다. 스님 앞에 있는 어미 닭은 저절로 넙죽넙죽 절을 받게 되는 것이다.

이 시는 최대한의 언어경제가 이루어져 있다. 표기된 언어 하나하나가 인과로 맞물려 각 기호의 의미는 다른 기호의 의미와 연관을 맺고 서로를 지탱하고 보완하며 언어사용의 빈도를 최대한 압축한다.

시에 봄이란 말은 없다. 그러나 봄이 왔다는 것은 '동안거'가 풀렸다는 말에도 나타나지만 '병아리'가 마당에 등장함으로 결정적이다. 어미 닭이 "물었다 놓았다" 하는 동작에서 우리는 딱딱한 법랑질로 싸인 염주 알이 그

원인이 되고 있음을 알아차린다. "여드름투성이"라는 말에서 우리는 행자의 어린 나이를 짐작하고 혈기왕성한 그가 "염주 내던지고" 절을 뛰쳐나갔음을 이해한다.

병아리로 표상된 '봄'은 진행되는 모든 사건의 내적 원인이 된다. 봄이 되었기 때문에 눈이 녹고 염주 알은 자신의 모습을 드러낸다. 또한, 스님도 닭도 밖에 나오게 된다. 외적 원인이 되는 흩어져 있는 염주와 그것을 쪼아보려는 닭의 동작은 또 다른 내적 원인을 가지고 있다. 즉 뒷방 행자가 내던지고 뛰쳐나갔기 때문에 그것은 마당에 뿌려져 있게 된 것이다. 이차적인 외적 원인은 이처럼 일차적 내적 원인을 바탕으로 작용한다. 이런 원인들은 결국 스님이 무릎 꿰고 그것을 줍게 되고 닭에게 절을 하는 결과로 나타난다. 결과와 본질적이고 필연적인 연관을 가지는 주요 원인이 되는 염주 알을 "물었다 놓았다" 하는 동작은, 보는 것처럼 여러 비본질적이고 우연적인 부차적 원인과 빈틈없이 결속하고 있다. 그리하여 추상적 가능성은 실재적 가능성으로 전환되고 드디어 스님은 무릎을 꿰게 된다. 짜임새가 썩 돋보이는 글이다.

5.

나는 종교적 사유가 직설적이고 이에 관련된 전문적 용어가 빈번한 시를 마뜩잖은 시선으로 보고 또한 그런 견해를 피력하기도 한다. 어떤 경향과 유행을 추수하는 것 같아 진부하다는 느낌이 들기 때문이다. 앞에 인용된 두 시편은 모두 사찰을 배경으로 하고 있다. 그러나 거북하다거나 불편하다는 생각은 들지 않는다. 오히려 '코빨린 돌부처'나 '여드름투성이 행자'는 강한 친근감을 가지게 하고 신선한 느낌을 준다. 어미 닭에게 넙죽넙죽 절하는 스님의 모습 또한 마찬가지다. 이는 종교적 성향을 띤 시적 대상을 속된 일상어로 수식해버리는 시인의 과단성에 기인한다.

물론 시적 상황의 전개가 그런 정경을 만들고 있지만, 상식적으로는 생각하기 힘든 '스님의 절을 받는 닭'이란 말에 주목할 필요가 있다. 앞서 언급한 시 전체가 '언술로서의 메타포'가 되게 하는 결정적 단초가 이 말에 담겨 있기 때문이다.

선禪에서 깨달음의 주체는 '당하지심', 즉 일상에서 부단히 유동하는 보통사람의 마음이다. 관념의 수미산에 거하던 부처는 현세의 일상으로 내려와 인성으로 구체화하고, 선의 실천 무대 또한 우리가 울고 웃는 '지금 여기'가 된다. 밥 먹고 자는 것이 해 뜨고 지는 것에 따라 행해진다. 이것이 바로 인간과 자연의 원시적 계합契合이다. 검은 구름이 몰려오면 비도 온다는 것은 농민의 '직관체오直觀體悟'이자 경험이지 논리적 분석이나 이론에 근거하는 것이 아니다. 이는 봄이 되면 어미 닭이 병아리를 데리고 마당에 나오는 것과 다를 게 없다.

이제 이 시에서 봄 햇살 아래 '병아리 데리고 나온 닭'이 예사롭게 보이지 않는다. 선은 생명에 대한 각성이며 그 가치에 대한 긍정이다. "봄이 오니 풀이 스스로 푸르구나!(春來草自靑)"라는 유명한 선구는 불법대의가 무엇이냐는 질문에 대한 선사의 답이다. 불법은 번쇄한 형이상학 개념도, 난해한 경전의 설법도 아니다. 그것은 봄의 논두렁에서 만나는 파릇한 풀들에 있다. 소생하는 봄의 생명들이 불법대의라면 봄볕에 새로 깨어난 병아리 또한 마찬가지가 아닌가.

집착과 망념에 매달리게 하는 권위적이고 우상화된 부처는 선승들에게 '똥막대기'에 불과하다. 자연의 모든 만물이 그대로 불성의 표현이다. 그 순리에 따라 일상을 사는 것이 수행이다. 열반에 대한 집착이라는 '또 하나의 집착'까지 버리는 만유의 긍정이 바로 보리를 체득하는 길이다. 인간 위에 군림하는 권위는 부정되어야 하고 집착의 족쇄를 채우는 부처는 배제되어야 한다. 오히려 봄풀이 불법을 설법한다. 이제 병아리를 데리고 나온 어미 닭에게 스님이 절을 하는 것은 하나도 이상할 게 없다.

이런 사유는 다른 시편에도 수위를 높여 나타난다.

흔하디흔한 단청 옷 한 벌 없다
이백 년 흔적을
온전히 드러낸 몸통에는
바람을 안았던 상처뿐이다
(…)
물기를 다 여의고도
아직도 짱짱하게 버티는 옹이 앞에
천불전에 든
천 명의 부처가 가부좌하고 있다
백 년째 꽃을 피우는
백일홍도 아침저녁
나붓나붓 절을 올린다

–「모과나무 기둥」 부분

화엄사 구층암에는 모과나무 기둥이 있다. "바람을 안았던 상처"뿐인 이 오래된 기둥은 아직도 짱짱하다. 그 기둥 앞에 천불전의 "천 명의 부처가 가부좌를 하고" 있고, "백 년째 꽃을 피우고 있는" 백일홍이 조석으로 "절을 올린다." 가부좌는 좌선할 때 책상다리를 하고 앉는 것으로 예를 갖춘 자세다. 단청 하나 없이 굽은 몸통을 드러내고 있는 절 기둥에 부처들이 예를 바치고 뜰의 백일홍까지 매일 절을 올리고 있다. 주목할 점은 이런 예우를 받고 있는 것이 거창한 대웅전이나 그 안의 금부처가 아니라는 것이다. 별로 눈에 띌 것도 없는 구부러진 모과기둥이다. 그러나 중요한 것은 이 기둥은 누구 위에 군림한 일도 없고 어떠한 집착의 족쇄를 채우는 일도 없다. 단지 절 지붕을 받치고 있을 뿐이다.

「염주를 줍다」처럼 절 마당의 정경을 서정적으로 가볍게 스케치한 것 같지만, 이 시는 앞의 시와 마찬가지로 전체적 언술의 비유로 종교 · 철학의 함의를 담고 있다. "흔하디흔한 단청 옷 한 벌" 없는 모과기둥처럼 시에는 '흔하디흔한' 직유 하나 없다. 물론 종교 · 철학을 제시하는 구체적 언어도 하나 없다. 그러나 그런 모든 것이 담겨 있다. 절대로 시인은 철학적 사유의 직접적 포즈를 취하지 않는다. 담담히 보이는 것을 점묘로 사생할 뿐이다. 그러나 점 하나하나는 서로 연관되고 결속되어 새로운 의미를 담은 큰 그림이 되어 간다. 시인이 뿌리는 수많은 물감에는 자주 '시늉말'의 반짝이는 색깔이 묻어 있음을 눈여겨볼 필요가 있다. 이미 「망해사 앞바다」에는 '짱짱' '풍덩' '슬슬'이라는 말들이 '반들반들' '뉘엿뉘엿' '흐물흐물'이라는 겹부사와 함께 등장하고 있다. 마찬가지로 '넙죽넙죽'(「염주를 줍다」)과 '나붓나붓'(「모과기둥」) 같은 시어도 글 속에서 생동감 있게 반짝거린다. 시인은 평범한 비유보다는 차라리 감성을 때리는 이런 시늉말을 선호하는 것 같다. 하여 자신이 그리는 그림의 '밝은 곳'은 더 환하게, '어두운 곳'은 더 짙게 함으로 시적 대상을 좀 더 입체적으로 만드는 동시에 생명력의 파장을 확대하려 한다.

6.

시인은 안력이 높다. 무심코 우리의 시선을 비껴가는 평범한 사물이나 정경에서 경을 읽어 낸다. 해풍에 형체를 잃어가는 돌부처, 봄볕에 병아리 데리고 나온 어미닭, 굽은 모과나무 절 기둥은 특별히 눈에 띄는 대단한 것들이 아니다. 그러나 시인은 무표정한 이런 것들에서 그 존재의미를 깊은 사유로 두레박질한다. 그리하여 무릎을 치게 하는 깨침을 퍼 올린다. 시적 대상이 되는 사물에 새로운 시선을 던지고 다른 개념에 위치시킴으로 그것에 대한 우리의 상투적 인식을 깨부순다. 그러나 그것들은 나름대로 단단한 인과의 연결고리로 결속됨으로써 논리적 타당성을 확보한다. 따라서 김영의 시에 소통의 걸림돌은 없다.

이번에는 산사를 벗어나 시인의 시력 좋은 눈에 포착된 북방 하늘 아래의 한 정경을 보자.

울란바토르대학 기숙사에는
겹겹이 놓인 이층 침대가 있다
철제골조 위에 얇은 합판 때기를
대충대충 걸쳐 놓은 침대는
남루한 청춘들의 무게를 받아주느라
녹이 난 뼈가 다 뭉개지는 중이다
시멘트 바닥에 내던져진 채

걸핏하면 아무렇게나 삐걱거리며
눈만 흘겨도 와르르 무너질 것 같은데
젊은 꿈의 공간이 용케도 버티고 있다
나무에서 합판이 되고
다시 대학 기숙사에 오는 길의 흔적이
함부로 찍힌 합판 때기 이층 침대 등짝에
나비처럼 나풀거리는 노란 메모지들
몽골의 기마민족 어느 후손이
절대로 잊지 않으려는 듯이
초원의 이력을 꼼꼼히 적어놓았다
나도 백제의 바람 이야기를
또박또박 적어 노란 메모지 옆에 나란히 붙인다
노랑나비 한 쌍의 더듬이가 서로에게 닿는다
저도 내 말 모르고
나도 제 말 모르지만
몽골 구석구석을 헤매는 동안
손가락만 까닥해도 금방
무슨 일이라도 저지를 것 같은
더듬이를 맞댄 노란 나비들이
초원을 누비는 걸 나는 보았다

–「나비 편지」 전문

시집의 표제작이다. 앞의 시편들에게도 공통적으로 나타나는 것이지만 시인의 어법은 단도직입적이고 그 진행에도 속도감이 있다. 시인은 다짜고짜 우리를 울란바토르대학 기숙사의 이층 침대로 끌고 간다. 거칠지만 아름다운 북방의 자연환경과 그 속에서 꿋꿋한 삶을 영위하는 유목민의 모습을 보여주는 대신 의외로 우리는 "철제골조 위에 얇은 합판 때기를/ 대충대충 걸쳐 놓은" 이층 침대에 내동댕이쳐지는 것이다.

시인은 작정한 듯 대초원제국의 후예들이 머문 침대를 근천맞게 묘사한다. 그것은 "남루한 청춘들의 무게를 받아주느라" 삐걱대며 "뼈가 다 뭉개지는 중"이고 "눈만 흘겨도 와르르 무너질 것" 같다. 그런데 시인은 어쩌다 이 합판 침대에서 하룻밤을 자게 된 모양이다. 그리고 침대 등짝에 붙어 "나비처럼 나풀거리는 노란 메모지들"을 발견하게 된다. 학생들이 써 붙인 것일 터이다. 시인은 그 언어를 모른다. 그러나 시인의 밝은 눈은 "잊지 않으려는 듯" 꼼꼼히 적혀있는 '초원의 이력'을 읽어낸다. 같은 알타이어족의 언어이고 게다가 이심전심이 통했던 것인가. 시인도 백제 이야기를 "또박또박 적어 노란 메모지 옆에" 나란하게 붙여 놓는다.

알타이-바이칼이라는 시원지始原地를 공유하는 두 민족은 유라시아 대륙의 스텝에 할거割據하며 세계사를 역동적인 것으로 만들었다. 기원전부터 기숙사 학생의 선조는 중국의 역대 왕조를 거듭하여 정복 · 지배했고, 학생의 초라한 침상에 몸을 부린 나그네의 선조들도 한반도와 북방 3성에서 강성한 대제국을 경영했다. 시인의 상상력은 대초원의 하늘로 뻗어 간다. 시인과 학생의 메모지는 한 쌍의 노랑나비가 되어 서로의 더듬이를 맞대게 된다. 같은 기마민족의 후예이자 알타이어족인 이 나비들은 "손가락만 까닥해도 금방/ 무슨 일이라도 저지를 것" 같다. 시인은 그 노랑나비들이 더듬이를 맞대고 "초원을 누비는 걸' 그 남루한 침대에 누워 그려보게 되는 것이다.

시인은 먼 남쪽의 반도에서 날아온 여행객이다. 초원의 이력을 꼼꼼히 적어놓은 학생은 고비의 별을 보며 자란 사람인가. 두 사람은 만난 일도 없고 어떠한 관계도 없다. 그러나 이제 노란 메모지를 통해 삐걱대는 같은 침대에 누워있다. 그 침대에서 학생의 메모지에 또박또박 답을 적고 있는 화자의 행위는 실상 무수한 원인과 조건이 관계해서 '일어난 일'이다. 일어난 일은 '현실'이고 일어날 일은 '가능'이다. 그런데 현실은 인因과 연緣, 곧 결과를 만드는 직접적인 힘과 그를 돕는 외적이고 간접적인 힘에 의해 성립된다. 수천 년에 걸쳐 두 사람 사이에는 인연, 즉 수많은 내력과 이유가 역사와 함께 얽혀 내재하고 있었던 것이다.

시인은 둘이 공유하게 된 침대에 누워 더듬이를 맞댄 나비가 되어 "초원을 누비는" 추상적 가능성을 생각한다. 현실적인 조건에서는 거의 불가능한, 말 그대로 '추상적'인 생각이다. 그러나 이는 '각 없는 네모' 같은 불가능과는 다르다. 조건이 갖추어져 가면 이것은 실제적 가능성으로 바뀔 수 있고, 실제적 가능성은 현실이 될 수도 있다. 사람이 달에 가는 일은 꿈, 즉 추상적 가능성이 었다. 그러나 그것은 과학의 발전에 따라 실제적 가능성으로 바뀌었고 마침내 현실로 이루어지지 않았던가. 기마민족의 후예들이 손을 잡고 유라시아 대초원을 '누비는 일'은 일어날 수 없는' 불가능'이 아니라 일어날 수 있는 '가능'이다.

7.

김영은 자신이 쓰는 시가 근본적으로 심미적 예술을 지향하고 있다는 사실을 잊지 않는다. 각 시편에는 언어의 독특한 예술적 운용에 각고의 힘을 쓴 흔적이 역력하다. 하여 시편 전체가 균질의 미적 성취에 도달하고 있는 것이다. 이런 성취는 시인의 밝고 부지런한 눈에 큰 빚을 지고 있다. 이미 많은 예에서 보는 것처럼 시인의 시력은 높다. 더 중요한 것은 그 시력 좋은 눈길에는 사랑과 연민이 가득하다는 점이다.

수여리는 암컷 꿀벌로 평생을 일만 하다 죽는 '일벌'이다. 날개는 "눈만 흘겨도 찢어질" 것 같이 가냘프고 여리다. 발목은 "여름 고양이 터럭처럼" 가늘기만 하다.(「수여리」) 그러나 이 여린 '날개'는 수많은 어린 벌을 키우고, 가녀린 '발목'은 정연한 육각의 로열젤리 방을 건축하는 놀라운 능력을 보유하고 있다. 시인의 따뜻한 시선 속에서 하찮은 일벌은 새로운 존재가치를 띠며 자신의 진정한 본질을 드러낸다.

별만이 반짝이는 것인가. 그러나 우리는 수많은 "반짝이는 것들"을 바로 "눈앞에 두고" 별이 아득하기만 하다고 "꼰지발 디뎠다" 시인의 밝은 눈은 마침내 "풍뎅이의 외투, 모기 눈, 가시나무 잎, 낙타 콧등"의 반짝임까지 포착한다.(「고비의 별」) 이것들 또한 모두 나름대로 아름다운 반짝임을 가지고 있지 아니한가. 범속한 눈에는 포착되지 않았던 이런 근천맞은 것들은 시인의 예술세계 안에서 변환되는 순간 심연을 활짝 열고 자신의 새로운 존재의미를 주장한다. 그리고 우리의 의식 활동영역으로 생생하게 쳐들어온다. 반짝이는 '풍뎅이 외투'를 입고 웃을 수 있는 시인은 대단하다. 참 대단하다.